우리 손이 닿는 곳에 행복이 있습니다.

타샤 튜더

행복한 사람,
타샤 튜더

타샤 튜더 지음
리처드 브라운 사진
공경희 옮김

윌북

The Private World of Tasha Tudor

차례

딸 베서니가 열네 살이었을 때의 모습.

·
·
·

세상에서 가장 행복한 사람, 타샤 튜더

타샤 튜더는 어린 시절부터 자신이 어떻게 살고 싶어 하는지 정확히 알고 있었다. 외진 농가에서 정원을 가꾸고 반려동물들을 보살피고 마당에서 가축을 키우며 살고 싶었고, 동화책의 삽화를 그리고 싶었다. 타샤는 결국 양쪽 모두에서 이름을 떨치며 성공을 거뒀다. 직접 쓰고 그린 동화 20여 편을 포함해 70년간 100권이 넘는 책에 삽화를 그려온 이 저명한 삽화가는 버몬트주의 나지막한 언덕들 사이에 숨어 있는 집에서 살고 있다. 타샤가 일군 이 집에는 옛 시절의 취향과 생활상이 고스란히 배어 있다.

내가 처음 타샤와 그 독특한 세계를 알게 된 것은, 타샤의 정원을 촬영해달라는 잡지사의 요청 때문이었다. 내 딸이 5학년 때 했던 조사 과제의 주제가 타샤 튜더였기에 어떤 풍경을 만날지 대략 감을 잡고, 구불구불한 좁은 흙길을 따라 차를 몰았다. 당연히 코기견 몇 마리가 있을 터였다. 양을 몰던 웨일스 종인 이 다리가 짧은 개들은 타샤의 트레이드마크가 되었으니까. 자연스럽게 가꾼 정원에는 화초가 풍성할 테고, 집은 전통적인 스타일일 터였다. 하지만 숲이 불쑥 끝나고 빈터가 나타나면서 눈에 들어온 타샤의 집과 헛간 풍경은 상상과는 전혀 다른 정경이었다. 아주 간단히 말하자면, 과거 속으로 빨려들어간 기분이었다. 1830년 뉴햄프셔와 버몬트 사이에 있는 '마법의 공간' 속에 들어선 것 같았다. 숫염소와 줄에 널린 빨래가 풍기는 짙은 냄새는 이상적이면서도 명확하게 현실적이었다. 풍상을 겪은 낡은 농가와 옥외 건물들이 언덕 경사면에 옹기종기 모여 있었고, 담쟁이 덩굴과 장미, 라일락이 건물을 휘감고 있었다. 귀가 축 처진 염소 몇 마리가 헛간 마당에서 풀을 뜯고, 비둘기들은 지붕마루에 의기양양하게 앉아 있었다. 또 화려한 색깔의 닭들이 돌아다니면서 흙바닥을 쪼고 있었다. 더운 공기 중에 구수한 나무 연기 냄새가 나는 걸로 봐서, 이 집 주인은 아직도 구식 무쇠 스토브로 요리하기를 좋아하는 모양이었다. 내 앞에 펼쳐진 풍경은 조지 헨리 듀리^{미국의 화가·옮긴이}나 윈슬로 호머^{미국의 화가·옮긴이}가 묘사한 19세기 농가 풍경 그대로였다. 물론 타샤 튜더가 그린 삽화의 한 장면이기도 했다.

문을 두드리자 개들이 짖는 소리가 나더니, 타샤가 코기들을 데리고 나타났다. 머릿수건을 쓰고, 색 바랜 긴 드레스에 옥양목 앞치마를 두른 차림이었다. 나는 그녀에게 맨발로 다니는 습관이 있음을 금방 알아차렸다. 난 그 고풍스런 차림새에 놀라움을 감추지 못했고, 타샤는 그런 내 표정을 읽었다. 그녀는 어색한 미소를 지으며 말했다. "친구들은 이 옷을 '이삭 줍는 사람'의 복장이라고 하죠."

집의 내부는 어둡고 고풍스런 분위기였지만, 나뭇잎에 가린 창문으로 햇살이 흘러 들어와 벽에 너울대는 문양을 만들어냈다. 열댓 개나 되는 장식 많은 새장에서 이국적인 새들이 울었고, 난로 뒷면에서는 구리 냄비에서 보글보글 거품이 일었다. 어둠이 차츰 눈에 익자, 불안정하지만 유쾌한 세월의 충돌이 다시 느껴졌다. 집의 내부는 외부보다도 더 옛날 그림같이 보였다. 어두컴컴한 속에서 골동품 사기그릇과 황동 장식품이 번쩍거렸고, 빛이 마치 베르메르^{네덜란드 출신의} ^{화가·옮긴이} 같은 분위기를 자아냈다. 사방에 사진 찍을 거리가 넘쳐났다. 타샤가 동의해준다면, 다시 와서 이 놀라운 세계를 기록해야 될 것 같았다.

어릴 적 꿈대로 살기 위해 타샤에게는 단호한 정신과 강한 결단력이 필요했다. 타샤는 그녀가 좋아하는 작가인 조지 버나드 쇼의 말대로 살려 했다. 그녀는 솔직히 말했다. "정확한 구절은 기억나지 않아요. 많은 사람들이 처지를 불평하지만, 나아가는 자는 자신의 환경

을 만들어간다는 내용이지요." 타샤는 본인의 환경을 만들었다. 그녀
는 독립심 강한 화가 어머니와 뛰어난 조선 기사였던 아버지 사이에
서 태어났다. 친가는 보스턴에서 대대로 저명한 가문이었다. 조부모
와 부모는 에머슨, 올콧 일가, 소로, 마크 트웨인, 올리버 웬델 홈즈 주
니어, 아인슈타인, 풀러 같은 19세기와 20세기 초의 명사들과 교류했
다. 그녀의 증조부는 그 지역에서 '얼음의 왕, 미치광이 튜더'로 유명
했다. 그는 뉴잉글랜드 지방의 연못에서 얼음을 거두는 기술을 개발
해서 세계 곳곳에 판 자수성가한 사업가였다. 그러나 타샤가 어렸을
때 집안은 가난해졌고, 아홉 살 무렵에는 부모의 이혼으로 인해 여기
저기 돌아다니며 살게 되었다. 겨울에는 코네티컷주의 레딩에서 활
달하고 사랑 많은 '보헤미안' 가족과 지냈고, 주말과 여름에는 어머니
의 화실이 있는 뉴욕이나 보스턴의 비콘힐에서 지내기도 했다.

　　타샤는 성격상 레딩에서 잘 지냈다. '숲속을 쏘다녔고' 제스처 게
임과 여러 가지 놀이를 즐겼으며, 가까운 친지나 친구들과 마리오네
트줄을 매서 움직이는 인형·옮긴이 공연을 하면서 놀았다. 혼자 있는 시간
에는 인형과 자기 옷을 만들고, '기억할 수 있는 때를 그리며' 지냈다.
타샤는 농장의 동물들, 우아한 긴 드레스를 입은 여인들, 세밀하게 관
찰한 자연을 그린 스케치북과 십 대 때 만든 미니어처 어린이 책을 아
직도 간직하고 있다.

결혼한 무렵 발표한 첫 작품 『호박 달빛Pumpkin Moonshine』은 옥스퍼드 대학 출판부에서 출판했고, 타샤는 시골에 집을 마련하고 싶어 안달했다. 신혼부부는 뉴햄프셔주의 웹스터에 있는, 낡았지만 아름다운 17세기 농가를 구입했다. 이곳에서 타샤는 열정적으로 그림 작업을 하면서, 막내가 다섯 살이 될 때까지 수도도 전기도 없이 네 아이를 키웠다. 그러면서 시간을 내서 집 안을 꾸미고, 소젖을 짜고, 닭과 오리, 양, 돼지를 치면서 채소밭과 꽃밭을 가꾸었다. 이번에도 타샤는 어려움과 힘든 노동 속에서 활기를 얻었지만, 남편은 달랐다. 결국 타샤의 부모처럼 이들 부부도 이혼했다. 한부모가 된 그녀는 '늑대가 집에 얼씬대지 못하게' 더욱 각오를 단단히 하며 삽화들과 남의 초상화를 그려 팔았다. 두 아들과 두 딸의 도움을 받아 마리오네트 공연을 하기도 했다.

아이들이 크고 『코기빌 마을 축제Corgiville Fair』가 성공을 거두자 타샤는 버몬트주의 코네티컷 강 건너에 있는 버려진 농장 부지를 구입했다. 홀로 지낼 수 있고, 남향이어서 추운 기후에도 정원을 가꾸는 희망을 가질 수 있는 곳이었다. 장남 세스는 타샤가 의도한 대로 집과 헛간들을 지었고, 정원 담장을 쌓기 시작했다. 과수원에는 꽃이 만발한 돌능금나무와 배나무, 사과나무를 심었다. 버몬트의 기후 속에서 수십 년이 지난 지금, 건물들은 고풍스러워 보이고 정원은 풍성해졌

다. 늘 소망해오던 환경에서 살아가고 있는 타샤는 새벽부터 해질녘
까지 쉬지 않고 정원 일, 염소젖 짜기, 물레질과 옷감 만드는 일, 그리
고 무엇보다 그림 그리기에 매달린다.

그녀는 그림에 대해 요란을 떨지 않는다. 딱히 화실도 없이 '다람
쥐 둥지 같은' 구석에서 그림을 그린다. 겨울이면 부엌의 북향 창 옆
에 앉아서, 무릎에 화판을 놓고 그린다. 물감, 붓, 펜, 형형색색의 잉크
병, 파스텔, 작업 중인 작품의 스케치들은 손 닿는 곳에 놓여 있다.

하지만 보석 같은 색감의 앙증맞고 섬세한 수채화와 세밀하게
표현된 가장자리 그림은 타샤의 독창성을 잘 보여준다. 살아 있는 것
같은 인형과 완벽한 3층짜리 인형의 집도 있다. 오랜 세월에 걸쳐 제
작된 진짜 사람 같은 마리오네트 인형들에서는 그녀의 유머 감각이
묻어난다. 실을 잣고 옷감을 만드는 솜씨가 뛰어난 타샤는 베틀 앞에
앉아 수백 가닥의 아마로 아름다운 리넨을 만들고, 일요일 오후에는
새 옷을 짓는다.

타샤는 수집가이기도 하다. 서랍장과 옷장에는 골동품 의류와
장신구가 꽉 차 있고, 스토브 위에는 19세기 초의 조리 기구가 걸려
있다. 헛간에는 낡은 목재 농기구들이 있다. 하지만 그녀의 집은 역사
가 짧은 나라에 있는 생기 없는 박물관이 아니다. 타샤는 추운 날씨에
는 면과 모가 섞인 천으로 만든 드레스를 입는다. 더 우아한 드레스들

은 특별한 행사 때나 친구들이 입어보고 옛날의 생활상을 느끼는 데
이용된다. 매일 사용하는 식기는 파란색과 흰색이 섞인 캔톤으로, 그
녀의 증조부가 얼음 운반선을 띄울 때 배가 안전하도록 바닥에 실었
던 짐으로 쓰인 거였다. "난 오래된 물건을 상자 속에 넣어두고 보지
않는 것보다는 차라리 매일 쓰면서 깨지는 편을 택하겠어요." 이것이
타샤의 쾌락주의적인 철학이다.

　하지만 타샤에게 가장 큰 즐거움을 주는 것은 정원이다. 눈 녹는
4월부터 찬 서리가 내리는 10월까지 관심의 대상은 정원이고, 그 결
과는 숨 막힐 지경이다. 노란 수선화와 여린 레몬빛 수선화 무리 속에
서 분홍색과 흰색 돌 능금꽃이 피는 5월 중순이나, 진보라, 감색, 크림

색 참제비고깔이 화사하게 피어나는 6월 초에 접어들면 그녀도 자랑하듯 정원은 '지상 낙원'이다.

나는 타샤의 예술적인 요리 솜씨를 증명할 수 있다. 그녀는 천장이 낮은 부엌에 버티고 있는 주물 스토브를 어르고 달래고, 솜씨 좋게 연기 구멍과 바람문을 조절하고, 스토브 뚜껑을 덜걱대며 화실에 연료를 지펴가면서 대단한 솜씨를 발휘한다. 조명 기구와 씨름하거나 비협조적인 날씨 때문에 끙끙대다가, 타샤가 그 검은 거인으로 만들어준 군침 도는 음식을 먹고 기운을 내던 아침이 얼마나 여러 번이었던지. 코기들은 발치에서 졸고 우리는 고소한 치킨 수프와 노란 비스킷과 장밋빛이 도는 사과 소스를 넣은 타르트^{파일 파이·옮긴이}로 점심 식사를 하곤 했다. 타샤는 타르트에 염소젖으로 만든 요구르트와 과자 부스러기를 뿌려 내고, 150년이나 된 찻주전자로 우린 차를 대접했다.

우리가 식사를 할 때면 앵무새들은 「부엉이와 고양이」의 한 구절을 읊거나 전화를 받는 타샤를 흉내내곤 했다. 재채기를 하고 코를 풀거나 "개들아, 쉿", "못된 새들!"이라고 꾸짖는 모습을. 타샤는 투덜댔다. "앵무새들에게 '이 밉상들!'을 가르치려고 했지만 새들이 배우려 하질 않네요." 이런 식사를 하면서 나는 소형 녹음기를 돌렸다. 앵무새들이 깩깩대고 골동품 식기와 포크와 나이프가 달가닥대는 와중에, 나는 입맛을 다시며 타샤의 이야기를 잡아내려고 애썼다. 타샤의 세계를 그녀의 목소리로 담아내고 싶었다.

그녀는 셰익스피어에서 월터 드 라 메어^{영국의 시인, 소설가 · 옮긴이}까지 인용했고, 19세기의 형식을 갖추면서도 위트가 넘치는 말을 했다. 그녀가 들려주는 명언과 자연을 의인화한 유머러스한 말투는 그 자체가 즐거움이다. 그녀는 날씨가 "토라졌다"고 말한다. 장작 때는 난로더러 "비명을 질러 댄다"고 하고. 타샤에게 달은 언제나 '그 여인'이고 엉겅퀴는 '당연히 남자!'다. 유년의 이야기와 요즘 패션이나 여성들의 태도에 대한 관점은 특별히 흥미로웠다. 쥐 떼의 침입을 물리친 이야기나 그녀가 길들인 까마귀 '에드거 앨런 크로'를 화려한 뉴욕 호텔에 데려갔던 일화도 얼마나 재미있던지. 까마귀는 보석을 낚아채고 욕조에서 잤다고 한다.

기록되지 않은 것 중에 더 멋진 내용이 많았다. 사실 녹음기가 돌아가지 않을 때 더 근사한 이야기가 쏟아졌고, 미처 촬영하지 못한 특별한 순간들이(조명이 너무 어둡거나 내 손이 눈을 쫓아가지 못해서 놓친 경우들) 많다. 예컨대 타샤가 어스름에 철쭉 정원에서 150센티미터쯤 되는 꽃을 안고 나오는 모습이나 코기들이 맹렬하게 싸우자 한 마리씩 사랑스럽게 안아서 빗물 통에 넣어 싸움을 말리던 장면은 촬영하지 못했다. 하지만 다행스럽게도 풍요롭고 생기 넘치고 독창적인 타샤 덕분에 멋진 기회가 넘쳐났다. 그래서 계절이 오고 가는 중에 그녀의 말과 예술에 끌려서 담아낸, 타샤 튜더와 그녀만의 아름다운 세계의 초상이 여기 있다.

리처드 브라운

Spring

·

봄

"우리가 바라는 것은

온전히 마음에 달려 있어요.

난 행복이란 마음에 달렸다고 생각해요."

✎ 나는 늘 버몬트 프랑스어에서 유래한 말로 푸른 산이라는 뜻·옮긴이 주에 살고 싶었고 내 방식대로 살기에 여기야말로 안성맞춤한 곳이 다. 여기서 맨 처음 한 일은 천 개도 넘는 수선화 구근을 심는 거였다. 겨울에 통행이 불가능해서 배낭에 구근을 담아서 옮겼다. 철쭉은 손 수레에 싣고서 30센티미터도 넘게 쌓인 눈밭을 헤치고 다니며 옮겨 왔다.

곧잘 벽돌을 갖고 놀았던 아들 세스가 이 집과 헛간을 손수 지은 일을 떠올려보면 얼마나 멋진지! 작은 아들 탐이 지붕널을 올려준 일 을 제외하면, 세스 혼자서 이 집을 다 지었다. 세스는 초서의 '방앗간 주인의 이야기' 영국 작가 초서의 『캔터베리 이야기』 중의 일부·옮긴이를 외워 서 암송하곤 했는데, 그 아이가 집을 지으면서 초서의 한 대목을 읊조 리는 소리를 듣는 건 얼마나 멋진 일이었는지. 세스는 워낙 음성이 좋 은 데다 한 구절도 빼먹지 않고 암송했다. 참으로 맛깔스러웠다.

친구 하나가 뉴햄프셔주의 웹스터에 1740년대에 지어진 집을 소 유하고 있었는데, 이곳에 오기 전 나는 거기 살았었다. 난 늘 그 집을 마음에 들어 했고, 그래서 이 집이 생겨났다. 땅의 모양새 때문에 방

↗

직접 디자인한 드레스를 입은 타샤.
어린이 드레스는 타샤의 친척이 입었던 옷으로 1890년대의 것.

향만 정반대로 해서 그 집을 그대로 베껴 지은 것이다. 우선 헛간을 세웠다. 옆면을 대기 전에 헛간은 배의 뼈대처럼 더할 나위 없이 아름다웠다. 이사 온 첫해 여름, 나는 밝은 톤의 새 나무로 지어진 이 헛간에서 살았다. 새들을 데리고 염소 우리 한 칸에서 11월까지 지냈다.

　우리가 바라는 것은 온전히 마음에 달려 있다. 난 행복이란 마음에 달렸다고 생각한다. 이곳의 모든 것은 내게 만족감을 안겨준다. 내 가정, 내 정원, 내 동물들, 날씨, 버몬트주 할 것 없이 모두.

✔ 이곳엔 봄이 늦게 찾아온다. 몇 주간 계속해서 기온이 5도를 밑도는 것이다. 그러다가도 기어이 도요새가 사랑의 노래를 부르고, 청개구리들이 울기 시작한다. 거위는 알을 까고, 나는 비둘기 집을 열어두고 비둘기들이 드나들게 한다.

더운 봄날, 사방이 고요할 때면 목덜미가 흰 참새들이 늪지의 죽은 나무 꼭대기에 앉아 애처로운 노래를 한다. 종달새 소리는 들어본 적 없지만, 참새의 노랫소리는 가장 아름다운 소리로 손꼽을 만하다. 되새라고도 불리는 참새는 노래를 잘도 부른다. 나중에는 여러 종류의 개똥지빠귀들과 푸른 울새 몇 가족이 찾아온다. 그들은 내 늙은 돌능금나무를 좋아하지만, 너무 낮게 둥지를 틀어서 곤란한 일이 생기기도 한다.

🍂 마침내 눈이 녹으면 맨 처음 하는 일은 라벤더의 가지를 치는 일이지만, 마크 트웨인의 말마따나 '뉴잉글랜드 지방은 9개월이 겨울이고 3개월은 썰매 타기에 나쁜 기후'라서 너무 서두르면 안 된다. 어느 날은 32도였는데 다음 날 아침에 서리가 내린 적도 있었다. 저녁에 염소 우리에 내려가다가 날씨가 추워지리란 걸 깨달았다. 맨발로 걸으면, 땅의 냉기가 느껴져 다음 날 날씨를 짐작할 수 있다.

🌿

타샤의 침실. 입은 옷과 들고 있는 옷 모두 1830년대의 것.
양다리 모양의 소매는 당시의 전형적인 스타일이었다.

↙ 아홉 살 때 부모님이 이혼하자, 나는 집안 친구인 그웬 아줌마와 마이클 아저씨가 그 딸과 사는 집으로 보내졌다. 코네티컷주의 레딩에 사는 그들은 관습에 얽매이지 않는 독특한 가족이었다. 내 어머니는 굉장히 독립심 강한 여성이어서 뉴욕에서 화가로 살고자 했고, 어린 나를 데리고는 그렇게 못 산다고 생각했다. 스코틀랜드인 유모 손에 자라던 보스턴내기인 내가 갑자기 자유로운 집안에 던져진 꼴이었다. 그 가족이 당황할 것 같아 성을 밝히지는 않겠지만, 초기 뉴잉글랜드의 명문가였다.

레딩에서 우리는 밀 이삭과 토마토와 쌀을 먹으며 보헤미안처럼 살았고, 주중에 뉴욕에서 일하던 마이클 아저씨가 주말이면 오렌지와 사탕과 고기 구이를 들고 집으로 돌아왔다. 그들은 물건을 소중하게 여기지 않았다. 증조부가 물려준 중국산 찻주전자는 사방에 금이 갔고, 아름다운 은숟가락들은 설거지통에 아무렇게나 던져두었다. 정말 독특했다.

그들의 집은 레딩에서 가장 오래된 집으로 꼽혔고, 소금그릇처럼 생긴 집 앞은 2층이고 뒤쪽은 단층·옮긴이의 뒤편에는 큰 벽난로가 있는 길쭉한 거실이 있었다. 그 벽난로를 옮기는 데는 황소 한 쌍을 동원해야 했을 것이다. 워낙 대가족이어서 명절이면 많은 사람들이 모여서 촛불을 켜놓고 연극을 하고 제스처 게임도 했다. 우리는 명절마다 이

번에는 무엇을 공연할지 고민했다. 가족 모두 연기 솜씨가 뛰어났다.

집에는 대형 옷장이 있었는데 그 노르웨이산 옷장은 크기가 테이블만치 커다랗고 붉은 벽돌색이었다. 꽃무늬 그림이 그려져 있고, 천 칠백 몇 년이라는 연대와 신부의 이름 머리글자가 새겨져 있었다. 가족은 괜찮다고 생각되는 무대 의상을 모두 거기 보관했다. 우리는 진짜 분장을 하고 가짜 수염도 달았다. 난 옛날 스타일에 열광했고, 1860년대로부터 내려온 할머니의 드레스들이 거기 있었다.

우린 비밀스런 모임을 가지는가 하면 파이 먹기 대회와 무도회도 열었다. 문학 게임을 하고 장난기 넘치는 구절들을 만들고, 밤늦도록 이야기를 했다. 내게는 최고의 경험이 되었다. 그들과 살면서 내 삶은 바뀌었다.

✎ 나는 책으로 교육을 받았다. 그웬 아줌마는 밤마다 10시나 11시까지 책을 읽어주었고, 우린 다음 날 아침 8시에 학교에 가야 했지만 그래도 괜찮았다. 아줌마는 스콧과 디킨스, 윌키 콜린스, 코난 도일의 작품 전부를 읽어주었다. 난 일곱 살 때부터 '허클베리 핀'과 '이상한 낯선 사나이'둘 다 마크 트웨인의 작품 주인공·옮긴이와 친했다.

물론 우리는 베아트릭스 포터『피터 래빗』의 작가·옮긴이를 알았고, 나는『버드나무에 부는 바람』동물들이 주인공인 케네스 그레이엄의 소설·옮긴이을 아주 좋아했다. 그것은 내 아버지가 아끼는 작품이기도 했다. 월트 디즈니는 그 작품을 하찮게 여긴 잘못으로 고소를 당해야 한다.

그 멋진 등장인물들을 미키 마우스화 해버렸으니. 그가 신약 성서를 그렇게 만들지 않은 게 이상스러울 정도다.

어릴 때 재미나게 보던 책들도 어른이 되어 다시 읽으면 시시하게 여겨진다. 하지만 어른이 되어서도 똑같이 즐거운 작품들이 있다. 『걸리버 여행기』, 『닐스의 모험』, 『로빈슨 크루소』, 특히 『모비 딕』이 그렇다. 그런 책들은 선생님들이 망쳐버리고 만다! 마음속에서 작품이 그려내는 장면들은 결코 잊히지를 않는다. 첫 장에 나오는 객주집의 음식 냄새까지 맡을 수 있다. 나는 이야기를 읽을 때 마치 영화처럼 본다. 모든 것에 움직임과 색이 있다. 책은 내게 대단히 현실감 있게 다가온다. 특히 에밀리 디킨슨이 좋다. 그는 "책같이 우리를 머나먼 곳으로 데려가는 프리깃함소형 구축함·옮긴이은 없다"라고 말하지 않았던가.

✣ 꽃은 무엇보다 향기로워야 한다. 내 동백꽃이 치자꽃의 향기만 지녔더라면 얼마나 완벽했을까. 동백꽃의 꽃잎은 꼭 도자기로 만든 듯이 곱지만 향기가 없는 것을.

✣ 왠지 나는 옛날 방식에 끌린다. 전생에 1830년대에 살았던 것 같은 기분이 든다. 그 시기, 그 시절의 모든 것이 내게는 정말로 쉽게

1830년대 진녹색 드레스에 수놓은 케이프를 두른 모습.
노부인들과 하녀들이 쓰던 캡.

증조부의 회중시계와 20대 때 출산하다 죽은 외증조모의 미니어처.
드레스와 머리 모양은 1830년대 후반 스타일.

다가온다. 천을 짜고, 아마를 키우고 실을 잣고, 소젖을 짜는 일 모두.
아인슈타인은 시간이 강과 같아서 굽이굽이 흐른다고 했지. 모롱이
에서 한 발자국만 뒤로 갈 수 있다면 우린 다른 방향으로 여행할 수
있을 거야. 난 그렇다고 확신한다. 나 죽으면 1830년으로 돌아가리라.

↙ 2, 30년간 기른 화초에서 새싹이 움트는 것을 보는 것이야말로 설레는 일이다. 옛 친구를 다시 만나는 기분이랄까. 디기탈리스가 죽지 않은 게 반갑지만, 한편으로는 들쥐에게 입은 피해가 안타깝다. 들쥐를 막으려고 설사약을 놓기도 하는데, 효과가 있다.

언덕이 찬 북풍을 막아주는 집의 남쪽에 노란 미나리아재비가 처음으로 모습을 드러내고, 이어 아네모네와 솜털이 난 버드나무가 나온다. 그다음에는 수선화와 돌능금꽃이 피기 시작한다.

수선화는 낙천적인 꽃이고 잘못될 리 없는 꽃이기도 하다. 셰익스피어는 "제비가 엄두를 내기 전에 오는 수선화, 3월 바람을 아름다움으로 받아들이네"라고 읊었다. 수선화 구근을 땅에 던지면 떨어진 곳에서 꽃을 피운다고들 한다. 하지만 난 그렇게 하지 않는다. 수선화 파종기는 써본 적도 없다. 정말 어처구니없는 짓이다! 정원용품 카탈로그에 보면 파종기가 나온다. 그걸 사용하면 한 번에 작은 구멍 하나가 파인다. 하지만 나는 큼직한 삽으로 커다란 구덩이들을 파고 수선화 구근을 심는다. 큰 구멍 몇 개를 파놓고 각각 꽤 많은 구근을 한꺼번에 심어 넣는다. 그래서 수선화가 꽃을 피우면 특별한 풍경을 연출하는 것이다.

↗

나무 밑에 수선화가 핀 돌능금나무 과수원.

✍ 어린이 책의 삽화를 그릴 생각을 한 것은, 어머니의 서재에서 『웨이크필드의 목사』에 나오는 휴 톰슨의 삽화를 보고 나서였다. 나는 그림을 보면서 "내가 할 일이 바로 이거야"라고 중얼댔다. 난 아주 어릴 때부터 그림을 그렸고, 물론 어머니가 화가인 이유도 있었다. 어머니가 그린 내 오라버니가 책 읽는 모습은 부엌에 떡 하니 걸려 있고, 손님들마다 아니 내가 키우는 앵무새들마저 감탄한다.

내 삽화를 본 사람들은 모두 "아, 본인의 창의력에 흠뻑 사로잡혀 계시는군요"라고 말한다. 말도 안 되는 소리. 난 상업적인 화가고, 쭉 책 작업을 한 것은 먹고 살기 위해서였다. 내 집에 늑대가 얼씬대지 못하게 하고, 구근도 넉넉히 사기 위해서!

🖎 나는 부유한 집안 출신이 아니었다. 부자였다가 망한 가문이라고 해두자. 하지만 집안은 보스턴 사교계에서 사귈 만한 인물들과 교류했다. 가드너 부인미술품 수집가, 그 미술품들을 전시한 미술관이 현존함·옮긴이, 애비게일 애덤스미국 대통령 존 애덤스의 영부인·옮긴이, 맥스필드 패리쉬미국의 화가·옮긴이, 존 싱어 사전트미국의 화가·옮긴이. 사전트는 목탄으로 내 오라버니를 그리기도 했다. 마크 트웨인은 아버지의 절친한 친구였다. 하지만 그런 얘기는 관두자, 뽐내는 것은 고상한 취향이 아니니까.

다들 아주 가까운 사이였다. 그들은 여러 대에 걸쳐 친구로 지냈다. 특히 보스턴에서 저명한 판사였던 데이비스 아저씨가 기억난다. 그는 우리 집에 오면 나를 무릎에 앉히고 "보스턴으로 뚜벅뚜벅뚜벅, 린으로 뚜벅뚜벅뚜벅"이라며 놀아주곤 했다. 데이비스 판사님은 단추 달린 가죽 부츠를 신고, 주머니에는 늘 박하사탕을 넣고 다녔다.

그때나 지금이나 난 판사들을 좋아한다. 우리 집 맞은편에 살았던 올리버 웬델 홈즈 주니어미국의 저명한 판사·옮긴이도 좋아했다. 나는 그의 무릎에 앉아 있곤 했다. 그는 큼직한 금시계를 갖고 다녔는데 그 두 번 치는 시계스프링을 누르면 15분 단위로 한 번 친 시각을 다시 치는 옛날 시계·옮긴이를 주머니에서 꺼내 보곤 했다. 오래된 금시계가 얼마나 매끈하던지. 따스하기도 해서 나는 곧잘 그 금시계를 손에 쥐어보았다.

정말이지 올리버 아저씨를 좋아했는데! 머리가 희고, 팔자수염을 기른 올리버 판사는 늘 검은 양복을 입고 회중시계를 늘어뜨리고 있었다. 내가 올리버 아저씨에게 홀딱 반한 것은, 남북전쟁 때 맞은 총알이 그의 몸속에 아직 있기 때문이었다. 그 후로도 총알은 제거하지 못했다.

🌿 지금이야 아주 대담하지만 어릴 때의 난 좀 불안한 구석이 있는 아이였다. 남달라서, 학교에서 놀림을 받기도 했다. 과거에 너무 집착해서 구식 드레스만 입고, 머리도 자르지 않았으니까. 어머니와 오빠는 내가 중요한 일에 무관심하자 몹시 실망했다. 그들이 중요하게 여기는 '여자 청년 연맹'상류 여성들의 사회봉사 단체·옮긴이과 '빈센트

클럽'을 심드렁해했으니까. 보스턴 사교계에 데뷔하는 것도 그렇고. 난 오로지 정원에서 일하고 소 젖을 짜고 싶어 했다.

🍃 어릴 때 봄을 맞이하는 큰 행사는 처음으로 따뜻해진 날 7, 8킬로미터쯤 떨어진 시골 가게까지 걸어가서 각자 5센트어치씩 초콜릿을 사는 일이었다. 장화와 발목 덮는 긴 내복을 벗어던지면, 페르세우스그리스 신화에 나오는 제우스 신의 아들·옮긴이처럼 날개 달린 발을 가진 요정들이 된 기분이었다.

🍃 헛간이나 집에서 일할 때면 종종 인생을 살면서 저지른 온갖 실수들이 떠오른다. 그러면 얼른 그런 생각을 뒤로 밀어내고 수련을 떠올린다. 수련은 항상 불쾌한 생각들을 지워준다. 새끼 거위들도 수련처럼 마음에 위안을 준다.

🦢 새끼 거위의 눈을 자세히 본 적이 있는지? 단춧구멍을 낸 듯한 눈 주변과 보송보송한 솜털이라니. 얼마나 고운지! 작디작은 검은 주둥이와 올록볼록한 예쁜 발… 새끼 거위는 새끼들 중에서 가장 매혹적이다. 새끼 염소와 작은 코기들보다도.

새끼 거위들을 상자에 넣어 부엌 난로 옆에서 키워본 적이 있는지? 기분이 좋을 때 내는 이상한 휘파람 소리 같은 지저귐이 얼마나 사랑스러운지 모른다. 그 새된 지저귐은 참 듣기 좋다. 아, 정말이지 평온한 소리인 것을.

⬿ 6월이면 짬날 때마다 정원을 가꾼다. 그렇게 만족스러울 수가 없다. 내 정원 이야기가 나오면 겸손할 수가 없다. 정신 나간 사람처럼 뽐내게 된다. 난 정원에서 자라는 화초들에 익숙하고, 여러 꽃들이 한데 섞여서 피게 심는다. 노란 루이지애나 아이리스, 층층이부채꽃, 겨자꽃, 양귀비가 뒤섞여 자란다. 보통은 밝은 주황색이지만, 난 연분홍색을 아주 좋아한다. 나는 언제나 정원이 어떤 모양이면 좋을지 선명한 그림을 마음에 품고 있다. 종묘상에서는 "어떻게 도와드릴까요?"라고 묻는다. 하지만 됐어요! 내가 원하는 걸 나 자신이 확실히 아니까요. 원하지 않는 것 또한 잘 안다. 예를 들면 아프리칸 바이올

렛. 끔찍하다. 벨벳 같은 모양이 싫다. 난 정원에 대해서는 심각할 정도로 과시형에 속한다. 내 정원은 지상 낙원이니까!

　　🌿 난 항상 삽화의 가장자리에 나뭇가지나 리본, 꽃을 그린다. 왜 그런 결정을 내렸는지는 나도 모르겠다. 가장자리를 꾸미지 않은 적도 없다. 사람들은 가장자리 그림 속에 숨어 있는 것들을 찾아내기를 즐긴다.

『A Time to Keep』의 가장자리 그림.
장미, 데이지, 토끼풀, 풀, 야생 딸기, 현호색, 석송, 표범 개구리가 그려져 있다.

사람들이 내 그림을 좋아하는 것은 상상이 아닌 현실에서 나오기 때문일 터다. 젖소의 어느 쪽에서 젖이 나오는지, 말을 탈 때 어느 쪽으로 올라타야 하는지, 어떻게 건초더미를 만드는지 난 훤히 알고 있다. 그러니 적당히 짐작으로 그리지 않는다. 내 그림 속에 나오는 사람들은 내 손자들, 친구들이고, 주변 환경은 실제 내 환경이다. 꽃들은 내 정원이나 주변 들판에서 자라는 것들이다. 내 정원을 구경한 사람들은 탄성을 내뱉는다. "어머나, 삽화에 나오는 꽃이 바로 여기 있네요."

Summer

·

여름

"요즘은 사람들이 너무 정신없이 살아요.
카모마일 차를 마시고 저녁에 현관 앞에 앉아
개똥지빠귀의 고운 노래를 듣는다면
한결 인생을 즐기게 될 텐데."

🖉 코기에 비견할 만한 개는 없다. 코기는 예쁨 덩어리다. 아폴로 신도 내 코기 '오윈' 앞에선 맥도 못 출걸. 오윈은 왕족 혈통으로, 엘리자베스 여왕의 코기와 같은 아비에게서 태어났다. 내 조상인 '오윈 튜더'의 이름을 붙인 것도 그 때문이다. 코기는 원래 웨일스산으로, 머리가 크고 꼬리가 축 처진 '카디건'과 내 개처럼 꼬리가 없고 더 우아하게 생긴 '펨브로크'로 나뉜다.

내가 처음 키운 코기는 아들 탐이 펨브로크셔의 존스 목사에게 10기니를 주고 산 것이다. 존스 목사는 나무 상자에 개를 넣어서 보내주었다. 난 개에게 첫눈에 반해서 코기를 여러 마리 키우겠다고 마음먹었다. 한때는 열 서너 마리까지 있었지만, 발에 거치적거려서 번거로웠다. 사람들이 찾아오면 특히 더하고.

코기들은 기품이 있다. 개와 고양이를 섞어놓은 것 같다. 특히 사람들 앞에서 혼나는 것을 싫어한다. 말대꾸를 하느라 으르렁대고, 이빨을 드러내면서 몹시 사나운 체한다. 하지만 투덜대지 않는다. 늘 예쁘게 군다.

나는 개들을 제대로 먹이려고 무척 애를 쓴다. 깡통에 든 사료는 먹이지 않는다. 꿈에도 그런 생각은 해본 적 없다! 녀석들에게 집에서 만든 수프나 염소 고기를 먹이고, 마늘을 듬뿍 먹게 한다. 개들이 감기에 걸리지 않는 것도 그 덕분이다.

코기한테 반하지 않는 사람이 있을까? 얼굴을 쳐다보라. 어찌나 귀여운지. 어릴 때는 특히나 사랑스럽다. 겨울에는 그 따뜻한 털이 난 몸을 내게 착 붙이고 자면서 외풍을 막아준다. 아이들이 클 때까지 집에 항상 개가 있었다. 콜리, 울프하운드, 각종 테리어들, 또 코기들. 코기들은 마음에 쏙 든다. 녀석들은 내 트레이드마크이기도 하다.

처음 코기 새끼가 집에 오자마자, 내 그림에는 코기가 등장하기 시작했다. 녀석을 보자마자 홀딱 반했으니까.

물론 내 책들 중에서도 『코기빌 마을 축제Corgiville Fair』가 가장 마음에 드는 작품이다. 버몬트의 땅도 그 작품으로 번 돈으로 구입했다. 지금까지 원화를 고스란히 간직하고 있는 작품이기도 하다. 스케치며 색칠한 원화까지 모두 보관하고 있다. 그 그림들은 장작을 쌓아두는 헛간의 낡은 서랍장에 들어 있다가, 3년 후에야 책으로 엮이게 되었다. 사람들이 관심을 가질 줄은 전혀 몰랐다.

사실은 우리 애들에게 보여주려고 만든 책이었다. 나는 아이들을 위해 '뉴햄프셔의 서쪽이자 버몬트의 동쪽에 있는 코기빌'이라는 마을에 대한 이야기를 만들어내곤 했다. 사고뭉치인 점박이 '보가트'들은 어느 스웨덴 팬이 준 북구의 괴물 인형에 기초해서 만들었고, 아들 세스는 홀딱 반했다. 보가트들은 수도관 같은 것들에 관심이 많다. 그들은 몹시 못됐고 아슬아슬해 보인다. 사고를 치려고 관을 타고 내려갈 때는 팔이 빠진다. 사람들이 좀 놀랐을 것 같다. 예쁜 소녀들이 나오는 책을 원했을 테니까. 진짜 예술가를 몰라본다니까!

🍂 나는 보스턴에 뿌리내린 집안 출신이다. 보스턴은 세상의 중심이고, 내가 양키뉴잉글랜드 지역인 미 북부 여러 주의 사람을 지칭하는 말·옮긴이라는 게 대단히 자랑스럽다. 나는 뉴잉글랜드인다운 양심 있는 사람이다. 지불해야 될 돈을 안 내고 넘어가는 일은 꿈도 꾸지 않는다. 또 약속을 하면 무슨 일이 있어도 지키고 만다. 어떤 일을 하겠다고 말하면, 반드시 해야 된다. 거짓말도 하지 않는다. 하지만 마뜩잖은

코기빌.
코기빌의 모델은 뉴햄프셔주의 해리스빌이었지만
타샤는 "자유롭게 표현했지요"라고 말한다.

모임에서 빠져나올 때는 약간 과장해서 말할 수도 있다. 모임이 지루
해질 때는 염소가 가장 유용한 구실이다. 집에 가서 젖을 짜야 된다고
말하면 그만이니까. '번버리Bunbury'랑 비슷하다. '번버리'를 핑계 삼
아본 적이 없는지? 그러니까 가공의 친구를 만들어놓고, 자리를 빠져
나오고 싶으면 그가 아파서 가봐야 된다고 둘러댄 적이 없는지.

우리는 어릴 때부터 위선자가 되도록 훈련을 받는다. '하얀 거짓
말'을 해서 의견이 다른 상대의 감정을 다치게 하지 말라고 배운다.
느낌을 죄다 입 밖에 내며 살지 못하는 법인 것을. J. P. 모건이 한 청
년의 무분별함을 살짝 돌려서 질책한 유명한 일화가 기억난다. 청년
이 "적어도 저는 공개적으로 그렇게 했지, 닫힌 문 뒤에서 그러지는
않았습니다"라고 대꾸를 하자, 모건은 그에게 고개를 돌리며 "젊은
이, 닫힌 문은 그러라고 있는 거라네!"라고 말했다나.

살다 보면 맘에 없는 말을 해야 되는 경우가 많다. 상대가 마뜩잖
은 짓을 하는데도 고맙다고 하거나, 지구 반대편에 있기를 바라는 사
람에게 만나서 반갑다고 인사해야 된다. 혼자 있으면 완전히 내 모습
으로 지낼 수가 있다. 마음에 담아둔 말을 고양이에게 죄다 할 수도
있고, 맘에 안 드는 일이 있으면 염소들에게 분통을 터뜨리면 된다.
그래도 아무도 안 듣는다.

난 고독을 만끽한다. 이기적일지는 모르지만, 그게 뭐 어때서. 오

스카 와일드 아일랜드 출신의 문필가·옮긴이의 말마따나 인생이란 워낙
중요한 것이니 심각하게 맘에 담아둘 필요가 없다. 자녀가 넓은 세상
을 찾아 집을 떠나고 싶어 할 때 낙담하는 어머니들을 보면 딱하다.
상실감이 느껴지긴 하겠지만, 어떤 신나는 일들을 할 수 있는지 둘
러보기를. 인생은 보람을 느낄 일을 다 할 수 없을 만큼 짧다. 그러니
홀로 지내는 것마저도 얼마나 큰 특권인가. 오염에 물들고 무시무시
한 일들이 터지긴 하지만, 이 세상은 얼마나 아름다운지. 해마다 별
이 한 번만 뜬다고 가정해보자. 어떤 생각이 나는지. 세상은 얼마나
근사한가!

🌿 나는 어릴 때부터 정원을 가꾸었고, 나보다 먼저 어머니와 할
머니도 열심히 화초를 키우던 분들이어서 나는 꽃 속에서 자라났다.

덕분에 꽃들의 모양과 감촉, 민간에서 부르는 이름까지 죄다 알았다. '병조회풀'5,6월에 피는 십자화과의 꽃·옮긴이, '수염패랭이꽃', '투구꽃', '연잎꿩의다리', 구식 이름이 훨씬 예쁘장하다. 델피늄은 늘상 미나리아재비로 불렸다. 클레마티스는 참으아리로 불렸고. 디기탈리스란 이름보다는 '여우 장갑'이 재미나다.

🖎 정원을 가꾸면 헤아릴 수 없는 보상이 쏟아진다. 다이어트를 할 필요도 없다. 결혼할 때 입었던 웨딩드레스가 아직도 맞고, 턱걸이도 할 수 있다. 평생 우울하거나 두통을 앓아본 적도 없다. 그런 병은 끔찍하겠지. 염소젖과 정원 가꾸기 덕분일 것이다.

과일과 채소를 손수 기르고, 당근과 무, 순무도 길러 먹는다. 되도록 자급자족하려고 애쓴다.

🌿 한여름은 '베리'(딸기류)가 한창인 계절이다. 라즈베리(나무딸기), 블루베리(월귤나무), 심블베리(나무딸기류). 하나같이 아주 검고 반들거린다. 맛본 적이 있는지? 최고의 잼을 만들기에 딱 좋은 과실들이다. 하지만 최고는 역시 스트로베리(딸기)다. 갓 딴 딸기같이 맛좋은 것은 없다. 나는 가장 섬세한 종류들을 골라서 키우려고 애쓴다. 그것들을 맛보면 과연 '신들의 음식'이라 부를 만하다. 특히 햇살을 받아 아직 따뜻할 때 따 먹는 딸기맛이란…. 내가 신선한 염소젖 크림으로 만든 딸기 아이스크림을 맛보면 좋을 텐데!

🌿 나중에 출산하다가 세상을 떠난 어릴 적 친구의 정원에는 흰 비둘기 떼가 살았다. 친구가 모이를 줄 때면 새들이 그녀의 어깨에 내려앉곤 했다. 그 광경이 늘 내 기억에 살아 있다. 아름다운 것들이 주변에 있는 게 정말 좋다. 비둘기는 무척 멍청하긴 해도 정말 예쁘다. 비둘기가 으스대며 날개를 펴고 걷는 것은 자신을 방어하기 위해서인 것을.

내가 키우는 공작 비둘기는 아주 힘껏 날고 매들이 굉장히 좋아한다. 예전에 대단히 잘 나는 비둘기들이 있었는데, 녀석들은 까마귀처럼 공중제비를 돌았다. 기류를 타고 높이 날다가 땅까지 아래로 아래로 떨어지곤 했다.

⚓ 혹 상추 양귀비가 아찔하게 곱다고 생각지 않는지? 무리를 지어 군락을 이루면 더욱 아름답다. 잎은 흐린 상추 색깔 같은 회녹색이다. 우리 집에 있는 상추 양귀비는 할머니의 정원에서 자라던 것으로, 나는 어딜 가나 씨앗을 갖고 다녔다. 보라색 양귀비는 가장 친하고 깐깐하게 고른 친구들에게만 나눠 준다. 나는 구할 수 있는 모든 종류의 양귀비를 키운다. 셜리 양귀비, 웨일스 양귀비, 플랑드르 지방의 들판에서 자라는 양귀비류도 있다.

⚓ 피그말리온과 갈라테아 피그말리온은 사이프러스 섬의 왕이자 조각가로, 자신이 만든 상아상인 갈라테아를 연모했다·옮긴이처럼 나도 내 손으로 만든 인형과 사랑에 빠져버렸다. 이름은 엠마. 오랜 세월 동안 만든 다른 인형 가족들보다 그 여자 인형이 사랑스러워서 죄책감이 들 정도다. 오래전에 만든 새디어스 크레인 대위가 엠마에게 구애한다.

예닐곱 살 때 놀라운 것을 알아냈다. 인형들에게 소리 내어 말하지 않아도 된다는 사실을 문득 터득한 것이다. 머릿속으로 아무 생각이나 다 할 수 있었다. 내게는 엄청난 발견이었다. 은밀히 원하는 것을 다 하면서도 입 밖으로 말하지 않아도 됐다. 나는 막내라서 늘 혼자 지내야 되는 아이였다. 하기야 누구나 달랑 자기 마음만 있는 외톨이들인 것을.

✒ 뉴햄프셔에 살면서 아이들이 학교에 다닐 적에, 우린 생활비를 벌려고 이웃 마을들을 돌면서 인형극을 공연했다. 우리 가족이 아끼는 레퍼토리는 〈잭과 콩나무〉였다. 콩나무가 자라는 걸 볼 수 있고, 거인이 아주 인상적이었으니까. 또 자주 올린 공연은 〈빨간 모자〉였다. 늑대가 할머니를 잡아먹는 장면에서, 어린 관객들이 울음을 터뜨리기 일쑤여서 우린 그럴듯하게 연기했다고 생각했다. 사실 할머니는 침대 뒤로 넘어졌을 뿐인데.

〈성자 조지와 용〉을 공연할 때는 겨우 열 살이던 세스가 화려한 용을 만들어냈다. 몸의 각 부분을 무거운 은종이로 만들어서 제대로 요동치게 했다. 우리는 비단으로 혀를 만들고, 입 속에 큼직한 주머니를 매달고 안에 숯가루를 채웠다. 구식 관장용 주머니의 기다란 관을 용의 몸에 넣었다. 무대 밑에 누워 있던 탐이, 용이 성자 조지와 싸우는 장면에서 관을 불어 검은 연기 구름을 내뿜으면 빨간 혀가 나왔다. 탐이 얼마나 민첩하게 해냈던지! 〈원탁의 기사〉를 공연할 때는 커다란 목마 두 개를 만들어, 무대 가운데서 무장을 한 기사들이 마상 창시합을 벌이게 했다. 무대 뒤에서는 프라이팬 부딪치는 소리를 요란하게 냈고. 정말 멋있었다.

윌리엄 메이크피스 새커리의 〈장미와 반지〉를 공연하려고 만든 쿠타소프 헤드조프 대위의 마리오네트 인형.

☙ 버몬트에 집을 지으면서 나는 인형극 극장을 만들고 싶었다. 그래서 염소 우리로 쓰려던 공간을 극장으로 바꾸었다. 세스는 좌석을 여러 줄 만들고, 무대를 설치했다. 무대 위편에는 손자들이 인형을 움직일 수 있는 다리 두 곳을 만들었다. 다리에 서서 몸을 숙이고 인형 줄을 움직인다. 마리오네트에 긴 줄이 붙은 것도 그 때문이다. 매년 여름, 우리는 저녁에 친구들을 초대해서, 음향 효과와 배경 음악까지 넣은 화려한 인형극을 공연한다. 중간에는 휴식 시간도 있고 다과도 준비한다. 전문 극단의 분위기가 물씬 풍긴다.

나는 오래전부터 인형극을 좋아했다. 사람으로 낼 수 없는 효과를 마리오네트로 낼 수 있다. 이카보드 크레인^{워싱턴 어빙의 소설 『슬리피 할로의 전설』의 주인공·옮긴이}을 만들고 싶은 마음이 굴뚝같다. 오래 살아서 〈슬리피 할로〉를 공연할 수 있으면 좋으련만.

☙ 새커리^{영국의 소설가·옮긴이}의 〈장미와 반지〉는 우리에게 가장 야심 찬 작품이었다. 인형극을 위한 작품으로, 악당 셋과 여자 영웅 둘, 남자 영웅 몇 명이 나온다. 이 극은 다른 모든 작품을 초월한다. 우리는 한 작품을 위해 마흔 개가 넘는 인형을 만들었다. 마리오네트의 의상을 갈아입힐 수가 없어서, 같은 여자 주인공을 세 개나 만들어야 했다. 공연 준비만 1년 넘게 걸렸다.

〈장미와 반지〉에 등장하는 마리오네트 인형들.
(왼쪽에서 오른쪽으로)그러파너프 백작부인, 벳신다, 이탈리아인 예술가 로렌조,
객원 지휘자 파스케일 펠리니, 호기나르모 백작.

또 인형으로 8인조 코기 합주단을 만들어놓았다. 그들은 비발디 연주에 능하다. 우리의 객원 지휘자는 고양이 '파스케일 펠리니'로 흥분하면 꼬리를 지휘봉으로 쓴다.

🌿 이 정원을 '코티지 가든'(전원풍 정원)이라고 부르는 이들도 있지만, 그저 괜찮은 뒤죽박죽 정원일 뿐이다. 조경 계획 같은 것은 없다. 난 계획해서 화초를 심지 않고, 되는대로 쑥쑥 심는다. 많은 꽃이 뒤섞여 자라는 게 좋다. '렌드 비올레트' 장미, 연잎꿩의다리, 난쟁이은쑥, 아이리스, 패랭이꽃, 으아리, 작약, 물망초가 풍성하게 섞여 있다. 난 꽃이 많은 게 좋다. 돈이 많은 분이라면, 한 가지 품종에 투자해서 큰 성공을 이루기를.

내 정원은 여러 층의 돌담으로 이루어져 있다. 뱀들은 이 돌담들을 리츠 칼튼 호텔쯤으로 여기겠지. 집 바로 앞의 돌담에서 사는 길들인 귀여운 뱀 한 마리가 있다. 녀석이 어릴 때 다치는 바람에 내가 집에 데려가서 이끼로 둥지를 만들어주고, 길이가 한 자나 될 때까지 키웠다. 녀석이 너무 커지자 내보내줄 수밖에 없었다. 밤에 내가 책을 읽으면, 녀석은 내 손에 몸을 돌돌 말고 앉아 있곤 했다. 뱀들은 따스함을 좋아해서, 녀석은 내 손바닥 위에서 동그랗게 똬리를 틀곤 했다. 뱀의 얼굴을 찬찬히 본 적이 있는지? 얼마나 낙천적으로 생겼는지 모른다. 늘 배시시 웃고 있다. 인간의 아둔함을 비웃는 거겠지.

✍ 작약은 취하게 하는 향기를 지녔고, 아주 보드랍고 매끈해 보인다. 연분홍빛이 가장 맘에 들지만, '대초원의 달'이라는 흰색이 도는 노란색 작약은 마법처럼 아름답다. 작약의 이파리는 여름 내내 곱게 남아 있다. 걸레 모양으로 죽는 장미와는 달리 작약은 우아하게 죽는다.

🌿 우리 가족은 재미 삼아 셰이커 교파 같은 18세기 중엽 미국에서 생긴 기독교의 한 종파. 교리의 일부인 춤에서 이름을 땄다·옮긴이 '고요한 물 Stillwater'이라는 종교를 만들었다. 내가 장로이고 우리는 세례 요한 축일 세례 요한을 기념하는 날. 6월 24일·옮긴이의 전야에 큰 잔치를 연다. '고요한 물'교는 고요한 마음의 상태를 추구한다. 고요한 물이란 아주 평화롭고, 스트레스 없는 삶을 의미한다.

요즘은 사람들이 너무 정신없이 산다. 카모마일 차를 마시고 저녁에 현관 앞에 앉아 개똥지빠귀의 고운 노래를 듣는다면 한결 인생을 즐기게 될 텐데.

🌿 '고요한 물'교를 시작한 것은 뉴햄프셔주의 캔터베리 마을에 사는 셰이커 교도들과 사귀면서부터였다. 당시 우리 가족은 그 부근에 살았다. 그들이 찾아와서 차를 마셨고, 서로 옷본을 바꾸기도 했다. 나는 그들의 의복과 물건들을 좋아했다. 특히 벌을 치는 앨리스 자매를 무척 좋아했다. 사실 '고요한 물'교를 만든 것은 세례 요한 축일 전야에 잔치를 벌이기 위해서였다. 신나게 춤추고 맛 좋은 음식을 준비하는 것을 제외하면 종교 행사랄 것도 없었다.

'고요한 물'교의 신자들은 쾌락주의자들이다. 인생은 짓눌릴 게 아니라 즐겨야 한다. 프라 지오반니가 한 멋진 말을 아는지? 먼 곳에

타샤의 수집품 중 1870년대의 드레스들.
거울을 든 소녀는 대고모의 드레스를 입고 있다.

사는 늙은 수도사였던 그는 성직 수여권자에게 보낸 편지에 이런 구절을 적었다. '세상의 우울함은 그림자에 지나지 않습니다. 그 뒤, 우리의 손이 닿는 곳에 기쁨이 있습니다. 기쁨을 누리십시오.' 바로 이것이 '고요한 물'교의 첫 번째 계명이다. 기쁨은 누리라고 있는 것이다. 날 때부터 비관론자인 사람도 있고, 날 때부터 낙관론자인 사람도 있다. 나는 확실히 낙관론자로 태어났다.

⬐ 복을 받아 여자로 태어났으면서 왜 남자처럼 차려입으려 할까? 여성의 가장 큰 매력인 여성스러움을 왜 버리려 할까? 바지를 입고 담배를 피우면서 돌아다니는 것보다는 매혹적인 차림새로 훨씬 많은 것을 얻을 수 있다. 나는 남자가 좋다. 멋진 피조물이라고 생각한다. 남자들을 진심으로 사랑한다. 하지만 남자처럼 보이는 건 싫다.

여자들이 긴 스커트를 포기한 것은 지대한 실수였다. 절반만 보이는 것이 훨씬 신비롭고 매혹적이니까. '보일 듯 말 듯한 발목'이란 말을 아는지? 신사들이 그 모습을 흘끗 보고 느낄 전율을 생각해보길. 요즘 여성들은 내리닫이 속옷을 겉에 입고 돌아다닌다. 다리가 미운 여자의 경우 긴 스커트가 단점을 많이 가려줄 수 있을 텐데.

🖋 앤티크 의상을 모으는 취미는 돈을 쏟아붓는 어리석은 짓이기도 하다. 대부분 1830년대 의상이지만, 1770년부터 1870년에 이르는 스타일을 연대별로 수집해놓았다. 친구가 내 옛날 드레스를 입고 다른 시대로 여행하는 느낌을 맛보려는 건 당연한 일이다. 삶에 대한 다른 관점을 주니까.

나는 옛날 드레스를 입는 게 훨씬 편하다. 거치적거리는 느낌 따윈 없다. 오히려 제대로 입은 기분이다! 난 옷과 관련된 것들을 죄다 모은다. 코르셋과 칼라를 떠받치는 망, 코르셋, 허리받이, 스커트를 벌어지게 하는 버팀테, 양산, 장갑, 토시, 보닛 모자. 심지어 공작과 꿩

의 깃털로 만든 영국산 망토도 있다. 제퍼슨이 대통령이던 시절에 유행한 의상이다.

🌾 나리는 8월에 만개하고, 갯개미취, 백일초, 피튜니아, 금잔화, 금련화 같은 일년생 화초들은 고개를 숙이기 전에 자태를 뽐내려 애쓴다. 8월이 되면 모두 화려하게 피어난다. 초지의 잔디도 에메랄드 빛 초록색으로 빛난다.

누구나 9월 첫 주에 서리가 내리지 않기를 바란다. 뭇서리에 꽃이 다 죽어버리고, 그러면 두어 달 동안 다시 여름 같아지는 '인디언 섬머'가 이어지고 정원은 죽는다. 참 앞뒤가 맞지 않는 것 같다. 천국은 이렇게 계절이 뒤죽박죽하지 않겠지.

🌿 여름이 끝날 무렵이면 늘 겁이 났다. 국화가 피면 다시 학교에 다녀야 된다는 뜻이었다. 학교는 질색이었다! 하지만 남서풍에 향기가 실려 오고, 귀뚜라미 울음이 느려지기 시작하면서 밤하늘의 별자리가 바뀌는 이맘때는 늘 아름다웠다. 봄에 태어난 병아리와 오리 새끼들이 통통하게 자랐고, 거위들은 사과나무 아래 모여 빨갛게 익은 첫 사과가 떨어지기를 기다리고….

오리, 닭과 딸 베서니를 그린 드로잉.

Autumn

·

가을

"애프터눈 티를 즐기려고 떼어둔 시간보다

즐거운 때는 없지요."

🖎 가을에는 밭에서 채소를 거둔다. 호박, 감자, 당근. 양파도 풍성하다. 채소는 나무 태운 재를 뿌린 흙을 좋아하기에 언제나 재를 듬뿍 뿌린다. 수확한 양파는 말린 다음 꼬아서 걸어둔다. 9월 한낮에는 해가 더 낮아지면서 아름다운 빛이 비춰들어, 벽에 새장의 그림자를 근사하게 새긴다.

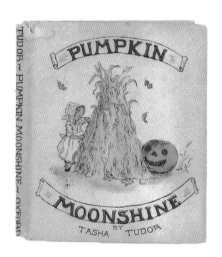

🖎 『호박 달빛』은 1938년에 출판된 내 첫 작품이다. 뉴욕의 출판사마다 찾아다녔고, 결국 옥스퍼드 대학 출판부에서 출판해주기로

타샤가 천을 짜는 베틀방.
1860년대의 윈슬로 호머 모자와 섭정기 무렵의 새장.

했다. 당시 나는 갓 결혼한 새댁이었고, 사람들은 그 책에 나오는 아이가 나중에 내가 낳은 아이들과 똑같이 생겼다고 했다. 내가 그런 아이를 갖기 바라면서 그랬을까. 처음 받은 인세는 75달러였다. 난 큰돈을 벌었다고 생각했고!

🍂 가을에 정원에서 일하면 얼마나 상쾌한지. 서리 맞은 고사리와 조록나무의 싱그러운 냄새가 풍기고, 성가신 날벌레도 없다. 이때 많은 양의 구근을 심어야 한다. 나리까지 넣으면 이번 가을에는 2천 개쯤 심으려 한다.

저번 날 정원에서 일을 하다가 첫 캐나다 기러기가 날아가는 소리를 들었다. 그 소리를 듣자 마치 원시 시대에 있는 느낌이 들었다. 어떤 맑은 날, 편지함 옆의 흰 자작나무 위로 흰 기러기 떼가 날아가는 광경은 숨 막힐 만치 아름답다.

🍂 내 과수원에서는 신비로운 배나무가 자란다. 뉴햄프셔의 웹스터에서 이사 오면서 뽑아서 가져온 나무다. 완전히 자랐는데, 여기서는 행복해하지를 않는다. 웹스터에서처럼 예쁜 자태를 뽐내지 않는다. 늘 '이쁜이 배나무'라 불렀지만, 무슨 품종인지

지금도 모른다. '클랩 페이버릿'도 아니고 '바틀렛'이나 '베르 보스'도 아닌 것 같다. 가을마다 배가 열리면 나는 병조림을 만든다. 시장에서 산 것보다 훨씬 맛이 좋다. 배나무를 심고 싶은 분이 있다면, 이 종류를 심기를!

🦢 나는 깃털의 촉감이 좋다. 앵무새 한나는 깃털을 만지면 사랑스러운 느낌이 들고, 깃털에 코를 박으면 흐뭇한 느낌이 전해진다. 매일 저녁 새장에서 꺼내주면 한나는 같이 저녁 식사 준비를 하고 설거

지도 하면서 말을 건다. 이따금 녀석이 귓불을 쪼면 나는 싫은 소리를 하면서 새장에 다시 넣는다. 한나는 그러지 말아야 된다는 것을 알면서도 가끔 못 참고 또 그런다.

앵무새들은 트집을 잡고 상스러운 말을 한다. 그러니 계속 주의를 줄 수밖에 없다. 녀석들은 사고를 치기도 한다. 앵무새를 키우는 한 친구가 말해주기를 밖에 나간 사이 앵무새가 횃대에서 내려와서 장미목 피아노의 다리를 쪼아 먹었다나.

✍ 어릴 때 우리는 장난감을 소중히 여겼다. 망가지면 다시 얻을 수가 없었으니까. 나는 특히 철제 우마차를 아꼈다. 장난감 소가 끄는 그 노란 마차에는 바퀴도 있었다. 스코틀랜드 출신의 유모가 내가 찔릴까 봐 소뿔을 빼버리자 어찌나 심통을 부렸던지.

마지막으로 새장 속의 새를 세었을 때 41마리였다. 십자매를 비롯한 되새류들, 금화조, 카나리아, 왕관앵무, 아프리칸 다이아몬드 비둘기, 나이팅게일. 물론 아프리칸 앵무새인 '페글러'와 '한나'도 있다.

타샤의 페킹 울새. 중국 나이팅게일로도 불림.

1850년대 어린이 드레스와 밀짚모자. 1900년경의 끌고 다니는 장난감.
뒤의 초상화는 타샤의 증조모로 18세 때 50세인 '얼음 왕' 프레드릭 튜더와
결혼해서 여섯 자녀를 두었다. "할머니는 정력적이었지요.
당신이 노인의 귀여움을 독차지할 거라고 생각했어요."

사슴 발 모양의 생쥐.

✎ 사슴 같은 발을 가진 생쥐는 멋진 반려동물이다. 큰 눈, 작은 발, 예쁘장한 콧수염, 웃기게 생긴 엉덩이는 정말이지 귀염 덩어리이다. 녀석들은 배로 기어서 벌레에게 살그머니 접근한다. 멈춰 서서 몸단장을 할 때는 양손에 꼬리를 쥐고 작은 손가락을 쓸어내리며 털을 편다. 내 고양이는 사냥 솜씨를 뽐내려고 생쥐를 가져오곤 했다. 죽

이지는 않아서, 졸도한 쥐를 한동안 보살펴주면 기력을 되찾았다. 3, 4년간 생쥐 한 쌍을 키우기도 했다. 녀석들은 새끼를 낳아 일가를 이루었고, 나는 그들을 스케치해서 로버트 번스스코틀랜드 출신의 시인·옮긴이의 '생쥐와 인간이 아무리 정교하게 계략을 꾸민다 한들, 그 계략은 빗나가기 일쑤인 것을'이라는 시 구절을 그렸다.

🌿 과거는 생각만큼 낭만적이지 않았다. 특히 여자들이 힘들었다. 대가족인 데다 임신 중이거나 수유를 했고 뜨개질, 바느질, 음식 준비에 땔감 줍는 일까지 도맡았다. '남정네들은 해뜰 때부터 해질 때까지 일하지만, 아낙들 일은 끝이 없다'란 말도 있잖은가. 옛 아낙들이 불행했단 뜻은 아니다. 하지만 고단했을 것이다. 나도 새댁 시절엔 힘들었다. 막내가 다섯 살이 될 때까지 전기도 안 들어왔고, 물통을 메고 물을 길어왔다. 인두를 데워 다림질했고. 하지만 달리 사는 법을 몰랐기에, 그리 힘든 일로 보이지는 않았다.

🌿 이 지역의 첫 정착민들은 장차 올 세대를 위해 지역을 계획하고 만들었다. 그들은 자녀들과 미래를 생각했고, 환한 세상을 만들어주려고 애썼다. 자손을 위해 길에 끝없이 심어놓은 단풍나무만 봐도 알 수 있듯이.

1850년대의 농기구. 건초용 쇠스랑, 삽, 유장을 거르는 체.

그들은 자긍심을 안고 일했다. 그들이 만든 아름다운 가구와 집들을 떠올려보기를. 몹시 고생스러웠을 것이다. 동물들이 틈타지 못하게 길에 쌓은 담을 보자. 이 지역은 양을 치는 지역이었고, 돌이 무척 많았다. 그래서 오래도록 무너지지 않을 견고한 돌담을 쌓았다.

🍂 카누에는 묘하게 원시적인 구석이 있다. 아비 물새의 일종·옮긴이가 노래 부르는 소리 같다고 할까. 아주 오래전, 내 전생의 뭔가를 살살 흔드는 느낌.

내 카누는 뉴햄프셔주 그린필드의 헨리 발렌코트가 만들었다. 그는 정말 솜씨 좋은 장인이다. 《뉴요커》에 그에 대한 긴 기사가 난 적이 있다. 헨리는 온 숲을 헤매고 다니며 적당한 크기의 자작나무를 구해서, '허드슨 베이' 칼로만 카누를 만든다.

카누가 크고 무거워 보여서, 나 혼자서 카누를 끌고 다닌다고 말하면 사람들은 의아한 눈길을 던진다. 하지만 카누는 바구니만큼이나 가뿐하다. 자작나무 껍질을 타고도 떠다닐 수 있다니 놀라울 밖에.

🍂 1830년대의 미국인들은 젊은 조국에 대해 열등감을 지녔다. 그들은 유럽이 더 낫다고 생각했지만, 나라면 동의할 수 없었을 것이다. 그들에게 주어진 것을 보면 안다. 이 순결한 나라를 상상해보자. 얼마나 아름다웠을까. 밑에 덤불이 자라지 않는 숭고한 나무들, 순수한 강과 호수. 하지만 우리는 이 나라의 숲을 없애버렸다. 나무는 사람들의 적이었고, 땅을 개간하느라 거대한 뿌리와 밑동을 태우는 연기가 하늘에 자욱했다. 우리 국민은 받은 것의 가치를 제대로 몰랐다. 토머스 제퍼슨이 그 광경을 봤다면 무덤에서 벌떡 일어났을

텐데. 앤드루 잭슨미국 7대 대통령·옮긴이이 알았다면 욕을 퍼부었을 테고.

🌾 촛불을 켜면 늙은 얼굴이 예뻐 보인다. 난 항상 초와 등잔을 쓴다. 하지만 바람에 커튼이 날려 촛불에 닿지는 않는지 주의해야 한다. 또 아이들에게 촛불 위로 몸을 굽히지 말라고 일러야 한다. 아이들의 친구가 오면 나는 안달 난 고양이처럼 안절부절못했다. 촛불에 머리를 그을리기 십상이었으니까. 보스웰영국의 전기작가, 새뮤얼 존슨의 전기로도 유명하다·옮긴이은 늙어서 정신없고 근시가 된 새뮤얼 존슨영국의 문필가·옮긴이이 늘 가발을 태워먹었다고 하지 않았던가.

✍ 다들 내집이 어둡다지만, 사람들은 옛날 집들이 얼마나 어두 웠는지를 모른다. 난 집이 어두운 게 마음에 든다. 예쁜 다람쥐의 둥 지 같거든.

✍ 어린 시절, 옥수수밭에 나가서 옥수수단 사이에서 잘생긴 호 박을 고르는 일이 그렇게도 신났다. 그 호박으로 핼러윈 등불을 만들 었다. 달의 얼굴과 비슷해서 그것을 '호박 달빛'이라고 불렀다. 특히 늦가을 수렵월중추의 보름달 다음에 뜨는 보름달·옮긴이은 대단히 크고 오 렌지색으로 보이니까.

우리는 핼러윈 데이를 중요하게 여겼다. 유령들이 무덤에서 나와 둥둥 떠다니면서 사람들을 겁주는 날. 하지만 난 유령 따윈 개의치 않는다. 들판에서 피어오르는 아지랑이처럼 다정하고 기분 좋게 느껴지는걸. 지금까지 가장 으스스해 보였던 것은 달무지개였다. 내 평생에 딱 한 번 늦가을에 봤다. 아주 파리하고 유령 같았다.

🌾 사람들은 날 장밋빛으로 본다. 보통 사람으로 봐주지 않는다. 내 본모습을 못 보는 것이다. 마크 트웨인의 말처럼 우리는 달과 같아서, 누구나 타인에게 보여주지 않는 어두운 면을 지니는 것을.

🌿 밤이 춥고 길어지면, 고양이들은 집 안에서 지내면서 오래된 질그릇에서 잔다. 쥐와 다람쥐가 너무 많은 게 싫어서 고양이를 키우건만, 눈이 하나뿐인 녀석은 쥐를 무서워한다.

고양이는 개보다 키우기 힘들다. 그릇을 깨거나 새를 쫓아내는 등 코기들 같으면 어림없는 사고를 저지른다. 더 먹고 더 소란을 떨고! 키플링루디 야드 키플링. 영국 최초의 노벨 문학상 수상 작가로『정글북』의 저자·옮긴이의『바로 그 이야기들』에서 걸어다니는 고양이 이야기를 읽은 적이 있는지? 사람같이 대단히 도도하고 특별한 고양이들의 행태를 그대로 지닌 녀석의 이야기다.

🌿 드디어 지난밤, 부엌에서 활개 치던 쥐를 잡았다. 집에 고양이가 있는데도 들어와서, 식탁에 올라가 사과와 배를 먹는 뻔뻔함을 참을 수가 없다. 쥐가 어떻게 집에 들어왔는지 알고 싶다. 한 마리가 있으면 쉰 마리가 있다는 뜻이다. 전에는 22구경 라이플총으로 쥐를 잡았지만, 지금은 안 그런다. 예전에는 '레딩의 애니 오클리'19세기 말의 유명한 여성 사수·옮긴이 라는 말을 들었지만 이제는 총질을 할 이유를 모르겠다.

쥐는 계속 버터를 훔쳐 먹었다. 한동안

양파 엮은 것과 전화기 옆쪽 벽의 분필 그림.

고양이 소행으로 짐작했지만, 고양이의 이빨 자국이 아니었다. 또 고양이는 배와 사과를 먹지 않을 터여서, 다 감추어놓고는 계략을 부렸다. 사흘 밤 내리 덫에 먹음직한 미끼를(베이컨 기름을 묻힌 치즈와 건포도) 넣어 놓아두고 문을 열어두면, 쥐는 조심성이 없어진다. 그러면 나흘째 되는 밤에 딱 잡을 수 있다! 건포도 하나로 생쥐 열아홉 마리를 잡은 적도 있다. 한 마리 한 마리씩. 대단한 건포도였다. 이번에는 커다란 숲쥐였다. 노르웨이 쥐보다 크고, 배는 흰색이 약간 들어간 갈색이었다. 뻐드렁니가 길고 노랬고. 녀석을 장작불에 넣어서 화장했다!

    🍂 나는 요즘도 골동품 식기를 사용한다. 상자에 넣어두고 못 보느니, 쓰다가 깨지는 편이 나으니까. 내가 1830년대 드레스를 입는 것도 그 때문이다. 의상 수집가들이 보면 하얗게 질릴 일이다. 하지만 왜 멋진 걸 갖고 있으면서 즐기지 않는담? 인생은 짧으니 오롯이 즐겨야 한다.

    하지만 오래된 물건들을 지닌 것은 내가 소중히 다루기도 했고,

🍂

구리 펌프가 있는 부엌.
말린 꽃과 19세기 영국 진줏빛 도자 그릇이 있다.

집안 어른들이 잘 간수한 덕분이다. 스코틀랜드인 유모는 그릇을 유난히 조심해서 다루었다. 개수통(낡은 구리 개수통은 물이 가득 차면 듣기 좋은 '텅' 소리를 냈다) 바닥에 행주를 두 겹 깔고 그 안에서 그릇을 씻었다. 대단한 사람들이 이 접시들로 식사를 했다. 보스턴의 문필가 전부라고 할 만하다. 그 가운데는 올콧 일가루이자 올콧은『작은 아씨들』의 저자·옮긴이, 소로호숫가에 오두막을 짓고 자연 속에서 산 문필가로『월든』의 저자·옮긴이, 대니얼 웹스터남북 전쟁 직전 동부를 대표하던 저명 정치가·옮긴이, 에머슨보스턴 출신의 시인, 수필가·옮긴이이 있었다. 할머니는 캐리 웹스터와 절친한 친구였다. 어머니는 코가 뾰족하고 길쭉한 구레나룻을 기른 노인 에머슨을 기억했다.

🌿 나는 다림질, 세탁, 설거지, 요리 같은 집안일을 하는 게 좋다. 직업을 묻는 질문을 받으면 늘 가정주부라고 적는다. 찬탄할 만한 직업인데 왜들 유감으로 여기는지 모르겠다. 가정주부라서 무식한 게 아닌데. 잼을 저으면서도 셰익스피어를 읽을 수 있는 것을.

🦅

'겨울 부엌'의 난로.
럼포드 백작의 디자인을 딴 것으로 타샤는 난방 겸 조리용으로 사용한다.
타샤의 드레스는 남북전쟁 시절의 것.

✍ 영국에는 이런 옛말이 있다. '과일도 없고 꽃도 없고 나뭇잎도 없고 새도 없는 11월No fruits, No flowers, No leaves, No birds, November.' 밭과 정원 일에 쫓기지 않아도 되는 때다. 실내에서 가정과 난로를 즐기는 계절. 내 친구들은 11월이면 뜨개질과 퀼트를 하느라 야단이다. 난롯가와 한 잔의 차를 만끽하는 때이기도 하다. 헨리 제임스의 『여인의 초상』에 나오는 구절이 떠오른다. '애프터눈 티를 즐기려고 떼어둔 시간보다 즐거운 때는 없다.'

Winter

·

겨울

"바랄 나위 없이 삶이 만족스러워요.
개들, 염소들, 새들과 여기 사는 것 말고는
바라는 게 없답니다."

🖋 나는 눈을 치우지 않는다. 그건 시간 낭비다. 그냥 눈 속을 걸어다니며 길을 낸다. 진짜 많이 내릴 때를 대비해서 뒷문 옆에 눈신을 눈에 박아두지만, 눈신을 신으면 개들이 뒤를 쫄쫄 따라다니면서 눈신의 뒷부분을 밟아 아주 성가시다.

해질녘 눈밭에 있는 우리 코기들을 봐야 하는데. 가장 예쁜 시간이 그때다. 5시쯤에는 몸이 구릿빛으로 빛난다. 그러다가 들어와서 난로 앞에 소시지처럼 눕는다.

🖋 첫눈은 어찌나 흥분되는지. 많이 올수록 더 좋다. 첫눈이 내리면 크리스마스와 겨울에 할 수 있는 근사한 일들이 죽 떠오른다. 양키라도 양심의 가책 없이 동면할 수 있는 계절이다.

난 언제나 첫 폭설이 내리기 전에 냄새를 맡는다. 대기 중에 눈송이 냄새가 분명히 배어 있다. 내게는 기쁜 일이다. 눈과 겨울은 대환영이다. 양동이가 꽁꽁 얼고, 불을 지필 장작을 계속 끌어와야 되긴 하지만. 첫눈이 특히 아름다운 것은, 아직 나뭇가지가 얼지 않아 눈이 잘 쌓이기 때문이다. 밤중에 조용히 폭설이 내려서, 아침에 깨면 세상이 변해버리는 게 특히 좋다. 밖에 눈이 많이 쌓인 것은 아침에 침대에 누워서도 알아차릴 수 있다. 눈이 내린 날은 침실에 비춰드는 햇빛이 아주 다르니까.

　눈 내린 풍경은 그림 그리기에도 좋다. 무성한 잎사귀보다 한결 수월하다. 효과를 내기 위해 무수한 종류의 초록색을 쓸 필요가 없으니. 그저 파르스름한 그림자와 함께 희게 칠하면 된다. 또 눈은 모든 것을 단순하게 만든다. 잔디, 잡초, 느릅나무의 윤곽이 더 두드러져

보인다. 그것들은 언제나 예쁜 꽃다발 같다. 느릅나무들도 마찬가지고. 멀리서 보면, 줄기만 보고도 골라낼 수 있을 것만 같은 모양이다.

눈이 내린 후에는 발자국을 살핀다. 오늘 아침에는 아주 작은 생쥐의 발자국을 발견했다. 눈에 작은 목걸이 같은 발자국이 찍혀 있었다. 토끼들이 어디 있었는지도 알 수 있었다. 하지만 가장 아름다운 흔적을 남기는 것은 단연 새들이다. 새들의 발자국은 레이스 같았다.

↙ 레딩에서 자랄 때 우리는 썰매를 끌고 온 마을을 쏘다녔다. 늘 썰매를 탔고, 눈은 계속 더 내렸다. 눈이 얼어붙지 않으면 깊이 쌓인 눈밭을 지날 수가 없었다. 얼면 썰매를 타기에 아주 좋았다. 우린 어마어마하게 가파른 언덕에서 썰매를 탔다. 언덕 밑자락에는 연못이 있었다. 가끔 연못에서 큰 얼음덩이를 꺼내 언덕 꼭대기로 가져가서, 얼음을 타고 빙글빙글 돌며 내려왔다. 아직 머리가 어지러운데 얼음덩이를 밀고 다시 올라가는 일은 고역이었다. 우리는 얼음집을 만들어서, 얼음이 녹을 때까지 거기서 자기도 했다.

↗

버몬트주 브래틀보로에서 제작한
그림 그려진 썰매, 1860년대.

✍ 물레질, 뜨개질, 직조를 하노라면 마음이 푸근해진다. 자급자족하고 싶고, 내가 쓰는 물건을 어떻게 만드는지 익히고 싶다. 웹스터에서는 양모도 직접 만드느라, 암양 여섯 마리와 멋들어진 숫양 한 마리를 키웠다.

'울리'라고 이름 지어준 숫양은 털이 꼬불꼬불하고 깊고 남자다운 소리로 울었다. 하지만 녀석들이 워낙 아둔해서 없앨 수밖에 없었다. 허구한 날 길 한가운데서 누워 있으니 도리가 있나.

물레질을 하노라면 그리도 마음이 편하다. 물레 도는 소리가 위안을 준다. 고양이 그르렁대는 소리와 비슷하다. 내 물레는 1700년대부터 집안에서 쓰던 것이라, 페달이 많이 닳아서 매끄럽다. 혹시 오래된 나무의 감촉을 좋아하지 않는지? 쇠처럼 차지 않고 손에 닿는 느낌이 부드럽다. 바퀴와 베틀의 북과 돗바늘의 촉감도 좋다. 오래 써서 비단결로 느껴질 정도다.

수직 옷감을 보면, 올올이 천을 짠 이의 손길이 스쳤다는 점을 마음에 담기를. 방금 리넨을 조금 짜려고 베틀에 실을 거는 일을 마쳤다. 무려 실이 1,732올이나 들어갔다! 하지만 시간을 들일 가치가 있는 일이다. 난 하루에 한 시간씩 천을 짠다. 이런 일은 조금씩 조금씩 해나가는 것이 최선이다.

베틀에서 천을 짤 때는 고양이가 문제다. 녀석들은 옷감 위에서

자는 걸 좋아해서, 짜놓은 천이 해먹이라도 되는 줄 안다. 또 물레질
을 할 때는 손자들이 애를 먹인다.

🌾 아이들이 어렸을 때 눈이 펑펑 내리면, 우린 명절처럼 좋아했
다. 돌려서 거는 전화기가 있어서, 학교가 휴교한다는 연락이 오곤 했
다. 이렇게 기쁠 수가! 정말 축제를 벌였다. 하지만 휴교하지 않아도
우린 늘 학교에 안 갈 구실을 만들어냈다. 특히 스케이트를 타는 계절
이 오면 더했다. 우리 집은 블랙워터 강의 바로 위쪽에 있어서, 겨울
이면 강이 어는 경우가 있었다. 그러면 스케이트를 타기에 딱 좋았다.
스케이트를 타고 달리면 계속 경치가 바뀌었고, 투명하게 언 자리가
몇 군데 있었다. 배를 깔고 엎드려서 얼음 밑을 내려다보면 물고기가
보였다. 어찌나 신기하던지! 우리는 피크닉을 즐기면서, 모닥불을 피
우고 차를 끓였다. 교실에 앉아 있는 것보다야 천 배 만 배 멋졌다.

🌾 동화 속 코기빌『코기빌 마을 축제』,『코기빌의 크리스마스』등 타샤의 작
품에 등장하는 마을의 이름·옮긴이은 겨울이 놀랄 만치 길다. 동물 주민들
은 거대한 크리스마스 트리를 세우고, 썰매를 타고, 교회 앞 연못에
서 얼음을 지친다. 주민들은 장사를 하고 수다를 떨고, 겨울 스포츠
를 즐기느라 분주하다. 에드거 톰캣타샤의 작품 속 등장인물·옮긴이은 크

1988년 '필로멜 북스'가 펴낸 달력 그림.
수채물감과 잉크, 연필로 그림.

리스마스 캐럴을 부르고, 사람들은 모닥불을 피우고 재미난 놀이를 한다.

🍂 크리스마스 전야에는 인형들의 크리스마스 파티가 열렸다. 우리는 숲에서 구한 미니 트리를 세워 장식을 하고, 아이들은 인형들에게 선물을 받았다. 선물은 실물 크기여서, 인형의 집 밖에 쌓아야 했다. 우리는 선물을 다 직접 만들려고 애썼다. 뜨개질을 하고, 종이 상자를 꾸미고, 나무를 깎아 엄마 거위와 아기 거위 네 마리를 만들었다. 또 속을 비운 호두껍질 안에 작은 새와 둥지와 알을 만들어 넣기도 했다.

인형들이 선물을 주는 날과 가족끼리 선물을 나누는 날이 다른 덕분에 조용한 크리스마스 분위기를 누릴 수 있었다. 소동이 없었고, 아이들이 인형들에게 받은 장난감을 갖고 노는 사이에 나는 트리를 장식하고 크리스마스 만찬을 준비할 수 있었다.

🍂 우리 가족에게 인형들은 아주 현실 같았다. 나들이를 갈 때도 데려갔고, 아이들은 인형들에게 '참새 우편' 편으로 편지를 보냈다. 답장도 받았다. 물론 내가 쓴 답장이었지만, 산타클로스와 비슷한걸 뭐. 인형들이 사는 이야기가 계속 이어졌다.

타샤의 인형과 인형의 집.
새디어스 대위는 1953년에, 엠마 버드휘슬은 1980년에 제작.
인형은 실물의 5분의 1 크기.

인형의 집은 나를 포함해서 많은 사람에게 무척 매력적으로 다가온다. 작지만 완벽한 세상이다. 도토리가 그렇듯이. 크리스마스 무렵에 보스턴에 있는 대형 백화점에서 진열장을 인형으로 장식해달라는 요청을 받은 적이 있다. 대여섯 사람들이 진열장 앞에 서서 인형의 집을 황홀하게 구경하곤 했다.

✍ 뉴잉글랜드 지방의 오래된 마을의 농가들처럼 우리 집도 헛간이 본채에 붙어 있다. 수북이 쌓인 눈을 헤치고 멀리 갈 필요가 없어 편리하다. 그런데 보험사는 마뜩잖아 한다. 화재 피해가 크다고 보험료를 더 내라지만, 순전히 도둑들이다. 눈이 올 때 장화를 신지 않고도 헛간에 가서 염소젖을 짜고, 일을 마칠 무렵 '얼른 집에 가서 흔들의자에 앉아 무릎에 코기를 앉히고 따끈한 차를 마셔야지'란 생각을 할 때의 흐뭇한 마음이란!

✍ 겨울에 나는 헛간 냄새와 염소와 닭과 비둘기들이 돌아다니는 소리가 참 좋다. 아침마다 녀석들은 유쾌하게 인사를 건넨다. 요즘은 암탉들이 시위 중이다. 겨울에는 알을 많이 낳지 않는다. 하지만

찬 데 앉아 있어서 그런 것이니 닭들 탓이 아닌 것을.

　가끔 건초를 던질 때면 한여름의 헛간 냄새가 풍긴다. 창문과 판
자벽의 틈 사이로 해가 들어, 뿌연 공기 중에 빛줄기를 만든다. 하지
만 나는 겨울에 여름을 아쉬워하지 않는다. 셰익스피어가 잘 말했
다. "5월의 새로운 환희 속에서 눈을 그리지 않
듯, 크리스마스에 장미를 갈망하지
않는다네." 바로 그렇다. 모든 것
에 제철이 있는 법.

🖎 예전부터 크리스마스는 우리 가족이 가장 반기는 명절이다. 이번 크리스마스가 지나면 곧 다음 크리스마스를 준비할 정도니. 큰 나무 상자를 마련해서, 여름과 가을 내내 준비한 장식품과 선물을 담아둔다. 나는 현관문, 식기실 문, 벽난로 위에 걸 월계수 꽃줄을 만든다. 월계수는 이곳에서도 잘 자라지만, 호랑가시나무는 없다. 너무 추워서 열매를 맺지 못하니.

보통은 헛간을 솔송나무로 장식하고, 동물들에게 특별한 것을 선사한다. 염소들은 빵 종류를 좋아해서 둥근 빵을 주고, 닭에게는 칠면조구이의 속을 채우고 남은 소를 준다. 우리는 동물들에게 각각 크리스마스 트리를 해준다. 염소들은 저희 트리를 먹어치운다. 아주 좋아한다. 앵무새들도 저희 트리를 먹는다. 개들에게는 양말에 각각 정어리 통조림 하나씩을 넣어준다. 고양이는 개박하로 만든 쥐를 주면 물고 나간다. 크리스마스 전야에 모든 동물이 말을 한다는 것은 물론 잘 알려진 사실이다.

크리스마스 시즌에 하는 일들 중 가장 매혹적인 것은 숲에 구유 속의 아기 예수상을 만드는 일이다. 나무들 사이에 난 오솔길을 따라가면 시냇물을 지나 커다랗게 튀어나온 바위에 닿는다. 옛날 그림에는 아기 구유가 동굴 같은 것으로 묘사되기도 해서, 나는 튀어나온 바위 밑과 벽에 갈라진 나뭇가지들을 세워 작은 구유를 만든다. 또 나무

와 낡은 재료들로 성탄극에 나오는 인물들과 동물들을 만들어 장식한다. 아주 애를 써서 만든다. 염소의 젖통까지 다 만드니까.

우리는 구유까지 눈 덮인 오솔길에 1미터마다 촛불을 밝힌다. 소나무, 자작나무, 솔송나무 사이로 촛불들이 구불구불하게 놓이고 하늘에 별이 반짝이는 광경은 정말이지… 완전히 마법이다! 고요하고 푹신한 눈밭이 펼쳐지면 바랄 나위가 없다. 그 광경은 아이들에게 트리나 선물보다 큰 의미를 안겨준다. 내 손녀는 두 살에 맞은 크리스마스 때 아기 예수의 구유를 처음 보고는 몇 년 후에도 '숲속의 아기' 이야기를 했다.

✔ 큰 트리는 크리스마스 전야에나 세운다. 트리에 진짜 촛불을 밝히는데 갓 자른 나무는 불에 잘 타지 않기 때문이다. 나무는 늘 숲에서 잘라 온다. 한 번도 트리용 나무를 사본 적이 없다. 파는 나무는 너무 메마르니까.

장식품도 사본 적이 없다. 모든 걸 증조모에게 물려받았으니 1850년대의 장식품이다. 둥그런 모양, 배 모양, 안을 수은으로 칠해서

은 같은 느낌을 주는 색유리로 만든 포도송이 모양. 붉은 것들이 가장 예쁘고 귀하다. 지금까지 깨지지 않았으니 난 운이 정말 좋다. 보기 좋은 고드름 장식품도 있다. 촛대는 클립으로 고정하지 않고, 밑에 납으로 만든 추가 달려 있고 가지에 고리를 거는 형태다. 카나우바 왁스로 만들기 때문인지 초가 아주 단단하다. 초의 동강이들은 모아뒀다가 다시 녹인다. 그렇게 모아둔 밀랍이 많다. 그렇게 쓰면 두어 시간은 충분히 불을 밝힐 수 있다.

🖎 아이들에게 트리를 공개한 직후 진저브레드생강을 넣어 만드는 과자·옮긴이를 만드는 것이 우리 집안의 전통이다. 농장에서 키우는 동물들과 앵무새, 코기 모양의 과자를 만든다. 아이들은 설탕 크림으로 과자 꾸미는 일을 거들어준다. 그림 솜씨가 필요한 일이다.

트리 장식은 다 내가 한다. 손자들은 크리스마스 밤이 되어서야 트리를 본다. 트리는 아이들이 보지 못하도록 응접실에 세워둔다. 크리스마스 만찬이 끝난 후, 뮤직 박스에서 시간이 됐음을 알리는 신호가 흘러나온다. 내 친가에서 내려오는 유서 깊은 뮤직 박스다. 저장된 여덟 곡 중 사내애들은 '영국 척탄병'을 좋아한다. 아이들은 달려가서 어두운 응접실에 촛불이 켜진 트리를 보고는, 놀라움과 흥분으로 눈이 휘둥그레진다.

🍂 바랄 나위 없이 삶이 만족스럽다. 개들, 염소들, 새들과 여기 사는 것 말고는 바라는 게 없다.

인생을 잘 살아왔다는 생각이 들지만 사람들에게 해줄 이야기는 없다. 철학이 있다면, 헨리 데이비드 소로의 말에 잘 표현되어 있다. "자신 있게 꿈을 향해 나아가고 상상해온 삶을 살려고 노력하는 이라면, 일상 속에서 예상치 못한 성공을 만날 것이다." 그게 내 신조다. 정말 맞는 말이다. 내 삶 전체가 바로 그런 것을.

🌱

스토브 앞의 타샤.
스토브는 1900년대 초반 펜실베이니아에서 '캐노피 그랜드'가 제작.
타샤는 '앵무새 코사지' 한나를 어깨에 얹고 있다.

．
．
．

마음에 주는 선물

앤티 프란세스에게

오랜만에 인사드리네요. 하늘나라에서 잘 지내시지요? 저희 가
족도 잘 지냅니다. 로라네랑 세 집이 모여 유나의 다섯 살 생일 파티
를 연 게 엊그제 같은데 시간이 많이 흘렀어요. 앤티 프란세스의 옆집
에 살다가 귀국한 지 25년이 되었고, 앤티 프란세스가 하늘로 돌아가
신지도 20년이나 됐네요.

세월이 흘렀건만 눈 감으면 푸르디푸른 글래스고 동네가 훤히
떠올라요. 치즈케이크를 구워 절반을 잘라 들고 프란세스네 집에 갔
던 일이며, 높이가 50센티미터도 안 되는 울타리가 놓인 뒷마당에서
같이 수박을 먹던 여름날이며. 무엇보다도 그곳에 살기 시작한 지 일
주일도 지나지 않아 동네에 공급되는 수돗물에 기름이 들어가 거리

마다 급수차가 왔을 때, 저희는 동네 사정을 잘 몰라 어리둥절하기만 했지요. 그때 초인종이 울렸고 나가 보니 엉클 더글라스가 물이 담긴 큰 우유통을 내밀면서, 급수차가 왔다고 하셨어요. 수돗물은 변기 내릴 때만 쓰고, 세수도 하지 말라셨지요. 그 후 두 분은 저희에게 가족이 되어주셨어요. 스페인으로 휴가를 가실 때는 열쇠 꾸러미를 내밀며 제게 그러셨지요. "내 화분, 죽이지 마." 길 건너에 아들 가족이 살았는데도요. 그 열쇠를 받아들고 얼마나 가슴이 뭉클했는지 몰라요. 여행 중에는 저희에게 엽서를 보내주시고 선물도 사다주셨지요. 저희가 여행을 간다고 인사하러 가면, 유나한테 사탕 사먹으라고 돈을 쥐어 주시기도 하셨죠. 그 후에도 영국 여행길에 찾아가겠다고 전화드리면 먹고 싶은 거 없느냐고 물으시고, 시간에 관계없이 식사를 준비하셨지요. 그럴 때면 정말 할머니 댁에 간 기분이에요. 만나면 행복하고 헤어질 때면 가슴이 먹먹해지지요. 그립고요. 그런 감정이야말로 살면서 얻는 선물이지요. 사람끼리 나누는 마음이야말로.

앤티 프란세스를 떠올리게 하는 분이 있어요. 타샤 튜더라는 할머니예요. 미국 버몬트주의 시골에 집을 짓고 30만 평이나 되는 단지에 아름다운 정원을 가꾸고, 손수 천을 짜서 옷을 만들고, 꽃과 동물을 주제로 삽화를 그리는 분이에요. 19세기 생활을 좋아해서 골동품 옷을 입고, 골동품 가구와 그릇을 쓰고, 장작을 지피는 스토브에 음식을 만들며 살아가지요. 일년 내내 씨앗과 구근을 심고 꽃을 가꾸어요. 감자며 푸성귀도 거두고요. 염소 젖을 짜서 요구르트며 아이스크림, 치즈도 직접 만들지요. 아이들에게 화관을 만들어 씌우고는 모닥불 피워 파티도 열고요. 늘 부지런히 움직이며, 도화지에 그림 그리듯 정원에 꽃과 나무로 '그림'을 그리는 분이에요.

그 매혹적인 정경과 그 속에서 벌어지는 삶의 이야기가 사진과 글로 담긴 책을 번역하면서, 일을 하는 게 아니라 연신 선물을 받는 기분이었어요. 영국에 살던 기억이 떠올랐어요. 집 앞뒤의 좁은 잔디밭을 가꾸느라 땀 깨나 흘렸지요. 잔디 깎기도 힘들었지만, 잔디밭에 난 민들레나 데이지 같은 잡초를 파내느라 애썼지요. 마땅한 정원용 도구가 없어서 쭈그리고 앉아 칼로 잡초를 파내는데, 어느 틈엔가 더글라스가 다가와서 알맞은 도구를 손에 쥐어주셨지요. 저쪽에서 프란세스는 "희, 너무 애쓰지 말아"라고 말하셨고요. 좁은 잔디밭 갖고도 끙끙댔는데, 타샤는 그 넓은 단지를 꽃의 천국으로 가꾸었다네요.

타샤가 키우는 여러 종류의 튤립들이 색의 향연을 펼칠 때, 돌능금나무에 붉은 열매가 가지가 늘어지도록 주렁주렁 열렸을 때, 아니면 눈이 쌓인 조용한 겨울날 불쑥 찾아가보고 싶은 곳이에요. 타샤가 벽난로 앞에서 그림을 그리다가, 맛있는 파이와 향 좋은 차를 대접해주면 참 좋겠네요. 그런 달콤한 꿈을 꿀 수 있는 책이어서 번역 작업

내내 설레었어요. 늘 가슴 속에 그리움과 정겨움으로 남아 있는 앤티 프란세스를 만나는 것 같아 기뻤고요. 그래서일까요. 행복을 만끽한 이 작품은 두고두고 못 잊을 것 같아요. 하늘에서도 늘 평안하세요.

공경희

타샤 튜더 연표

✎

- 1915년 보스턴에서 조선 기사 아버지와 화가 어머니 사이에 출생.
  타샤의 집은 마크 트웨인, 소로, 아인슈타인, 에머슨 등 걸출한 인물들이 출입하는 명문가였음.
- 9세 부모의 이혼. 아버지 친구 집에서 살기 시작함. 그 집의 자유로운 가풍으로부터 큰 영향을 받음.
- 15세 학교를 그만두고 혼자서 살기 시작함.
- 23세 첫 그림책『Pumpkin Moonshine』출간. 결혼.
- 30세 뉴햄프셔의 시골로 이사. 2남 2녀를 키움.
- 42세『1 is One』으로 한 해 동안 출판된 가장 훌륭한 어린이 그림책에 수여하는 '칼데콧 상' 수상.
- 56세 더욱 시골인 버몬트주의 산골에 18세기풍의 농가를 짓고 생활하기 시작함. 우수한 어린이 책을 제작, 보급하는 데 공헌한 사람에게 주는 리자이너 메달 수여받음.
- 83세 타샤 튜더의 모든 것이 사전 형식으로 정리된 560쪽에 달하는『Tasha Tudor: The Direction of Her Dreams』(타샤의 완전문헌목록)가 헤이어 부부에 의해 출간됨.
- 91세 미국 '노먼 록웰 뮤지엄' 등에서 전시회 '타샤 튜더의 영혼' 개최됨.
- 2008년 92세 나이로 가족들이 지켜보는 가운데 비밀의 정원으로 돌아감.

타샤 튜더 대표작품

1938년 · Pumpkin Moonshine

1939년 · Alexander the Gander

1940년 · The Country Fair

1941년 · Snow Before Christmas

1947년 · A Child's Garden of Verses(로버트 루이스 스티븐슨 지음, 타샤 튜더 그림)

1947년 · The Doll's House(루머 고든 지음, 타샤 튜더 그림)

1950년 · The Dolls' Christmas

1952년 · First Prayers(타샤 튜더 그림)

1953년 · Edgar Allen Crow

1954년 · A is for Annabelle

1956년 · 1 is One

1957년 · Around the Year

1960년 · Becky's Birthday

1961년 · Becky's Christmas

1966년 · Take Joy! The Tasha Tudor Christmas Book

1971년 · Corgiville Fair

1975년 · The Night Before Christmas(클레멘트 무어 지음, 타샤 튜더 그림)

1976년 · The Christmas Cat(딸 에프너 튜더 지음, 타샤 튜더 그림)

1977년 · A Time to Keep

1987년 · The Secret Garden(프랜시스 호지슨 버넷 지음, 타샤 튜더 그림)

1988년 · Tasha Tudor's Advent Calendar

1990년 · A Brighter Garden(에밀리 디킨슨 지음, 타샤 튜더 그림)

2000년 · All for Love

2003년 · Corgiville Christmas

⬳ 사진을 찍은 **리처드 브라운**은 보스턴 부근에서 성장했고 하버드 대학에서 미술과 미술사를 전공했다. 1968년 버몬트로 이사한 후 작은 학교에서 교편을 잡다가, 사진작가 일을 시작했다. 《해로스미스 컨트리 라이프》, 《오뒤본》, 《내셔널 와일드 라이프》, 《뉴욕 타임스》, 《컨트리 저널》 등에 그의 사진이 실렸다. 『왕국 정경』, 『버몬트 크리스마스』, 『에덴 동산의 시간』, 『시골 정경』 등의 작품집이 있다.

⬳ 글을 우리말로 옮긴 **공경희**는 서울대 영문과를 졸업한 후 지금까지 번역가로 활동 중이다. 성균관대 번역 테솔 대학원의 겸임교수를 역임했고, 서울여대 영문과 대학원에서 강의했다. 시드니 셀던의 『시간의 모래밭』으로 데뷔한 후, 『메디슨 카운티의 다리』, 『모리와 함께한 화요일』, 『호밀밭의 파수꾼』, 『파이 이야기』 등을 번역했다.

행복한 사람, 타샤 튜더

펴낸날   초판 1쇄 2006년 8월 20일
         개정신판 1쇄 2023년 12월 8일
지은이   타샤 튜더
사진   리처드 브라운
옮긴이   공경희
펴낸이   이주애, 홍영완
편집장   최혜리
편집1팀   김하영, 양혜영, 김혜원
편집   박효주, 장종철, 문주영, 홍은비, 강민우, 이정미, 이소연
마케팅   김태윤, 김철, 정혜인, 김준영
디자인   박아형, 김주연, 기조숙, 윤소정, 박소현
해외기획   정미현
경영지원   박소현
펴낸곳   (주)윌북   출판등록   제2006-000017호
주소   10881 경기도 파주시 광인사길 217
전화   031-955-3777   팩스   031-955-3778
홈페이지   willbookspub.com
블로그   blog.naver.com/willbooks   포스트   post.naver.com/willbooks
트위터   @onwillbooks   인스타그램   @willbooks_pub
ISBN   979-11-5581-664-6 04840
       979-11-5581-662-2 (세트)